诗

常 虹 著

上海三联书店

献给我的父母

2020年冬天到2021年春天，在英国牛津泰晤士河边上，这40首诗和这40幅画，通过我和宫羽的双手呈现出来，我们内心满满地都是感恩；合集出版，与您分享。

——常虹

诗

常虹女士

和

她的女儿宫羽

诗

诗

今天
我会变得很小巧
藏在你心里
没有人可以看得到

今天
我会变得很近
近到连你也看不见我
只能感受到

今天
我有一个好主意
虽然还没有见过面
我们先约好
什么是永远
我说
今天，就是永远

诗

你说
永远，只有今天

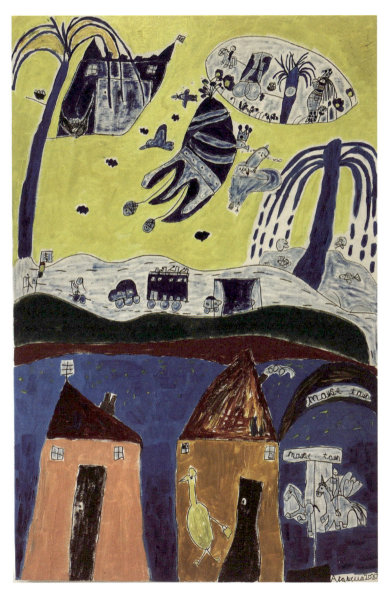

▲ 发生了很多事情的那一天

虽然隔得很远

还没有牵过手

却已是不舍放你走

我想

就这样

跟着你往前

虽然看不见路在哪里

每走一步都不回头

不想再说太多

语言过于繁琐

我要

沉默不语

往前走

在时光的隧道里

沉默着

往前走

走到

你爱我

那个眼睛看不到的尽头

▲ 眼睛和宇宙火箭

3

隔得再远

我也能看到

你的温柔

像一望无际等待收割的麦田

不要怪我收割如此缓慢

因为我

想把每一粒麦穗细数珍藏

因为我

在用那一粒一粒麦穗

铺满我的天堂

原本狭小的天堂

变得

越来越

宽敞明亮

▲ 海洋和森林上的袋鼠

每一丝伤痕

最终

都会被爱

温柔地抹平

每一滴眼泪

最终

都会融入

大海的平静

感恩我的灵魂会

透过双手

和你的灵魂

互相触摸

感恩我沉甸甸的肉体会

把所有的情感

轻轻托住
像是草的叶子托着清晨的露珠
像是琥珀永远凝固着昆虫
感恩生命

每一天
在这个世界上
我都要像太阳一样
睁开眼睛
无比灿烂

我想象着
过去、现在和将来的所有生命
都像我一样
在大地上
闪着光芒
超越时间、空间所有的界限

我们一起
面对蓝天
光芒万丈

▲ 树和地球看着我飞走

我是以梦为马的诗人
梦、马和诗人
早已放下马鞍
是的
我天性自由
是的
自由天性狂野

所以我
可以
闭着眼睛
像风一样
从你鲜红的罂粟花地跑过
所以我
可以
静静地站在那里
欣赏每一种沉迷不悟

所以你
要么
要么接受这匹马
这匹马，马背的赤裸
所以你
要么
要么将你的马鞭
将你的马鞭彻底放下
和我一样只留下一双手

感恩
感恩一双手
可以像爱一样抚摸
感恩一双手
可以捧起水解渴

▲ 日本传说中的河马

我的心门已经敞开
面对风
面对雨
面对阳光
感恩你的到来

你不是我最初要寻找的
却比我要寻找的更美好
是的，我是一个诗人
为此
我天上的灵魂
化为肉身
在这片土地上降临
在天上的时候
我就懂得
生命
才是真正的诗行

一个生命的念头
足以转动天宇

但是
在降临的时候
我选择了受伤
似乎眼泪流淌
才能将这片我降临的土地滋养

但是
在降临的时候
我也选择了爱
因为只有爱
才能够在这片被眼泪浇灌过的土地上
让种子发芽
让鲜花开放
向天空仰望

诗

致敬我天宇的旗帜如云朵一样
飘扬

▲ 不一般的拜访

许诺我

从这次相遇

你无条件原谅我

就像我

从这次相遇

无条件地爱你

我们都已经在轮回的漩涡里

等待了太久

答应我

不要将我错过

如果你要走

我会拉住你的手

如果我要走

你会拉住我的手

▲ 上升的美人鱼

如果有爱情在远方显现
哪怕是一闪一闪忽隐忽现
我也会放下所有
像南飞的大雁
无论路途有多么遥远
无论路途有多么艰难

我是个孩子
固执又简单
虽然数不清遥远是多远
飞过去
却是我的自然
也是必然

有的时候一个人坐在海边
看一朵美丽的浪花向我扑来
在它离去的时候

我会跟着那朵浪花的痕迹
默默往前跑
海水没过脚踝、膝盖
海水没过眼睛和头顶

在海底
我也是要睁大眼睛
哪怕被鲨鱼吞没
我也会
坐在鲨鱼的肚子里
向我的天宇冥想
天真地相信
鲨鱼会把我
吐到
那朵浪花退去的
海岸

▲ 鲨鱼和信

你的身体充满温柔

让我想起那个时候

我独自站在天上

远远看见你

像花儿一样

晚霞衬托着你美丽无比的笑容

从那一刻

我决定从天上一跃而下

穿越时空

你的身体如此温柔

我躺在这里

看你

无比深情

却无法向你伸出双手

是怕你

如水中的月

诗

是怕你
如镜中的花

你的身体装满温柔
鲜红的罂粟花就是这样
不仅绽放
不仅娇贵
最终
是要将所有肉体连着灵魂一起麻醉

▲ 我们头上的人

无法停止爱你

从此忘记白天和黑夜

就这样

永不停止地

爱你

把天堂的门打开

把地狱的门关上

把所有的星星

一颗一颗擦亮

宛如一个完美的指挥

在乐队面前

没有多余的动作

我虽然并不完美

却也像完美的指挥家

只有一个动作

就是

爱你

如同逐渐展开的乐章
你在我的爱里奏响
每一个音符
有能量激起亿万高浪
世上只有一种音乐没有休止符
世上只有一种乐章没有终止
那就是
我的爱
无法停止爱你

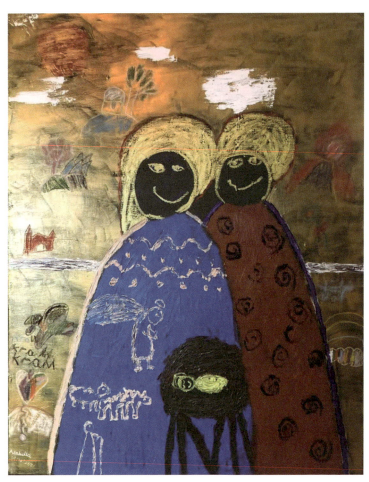

▲ 一家人

像海盗

找寻埋藏了

很多年的宝藏

我在船里

装满枪支

装满水和食物

手中紧握着藏宝图

在海上

勇敢起航

为了找到你

我不惜代价

哪怕失去一条腿

和一只眼睛

哪怕从此臭名远扬

像瞎子摸象

我摸索着

你的真实模样

你的手臂

你的双腿

你温柔的乳房

忽然间

我流泪了

当我双手摸到

你的脸庞

她如同月光一样

明亮

刹那间

将盲人的眼睛

点亮

我有一个愿望

愿人们记住

不仅

海盗的张狂

还有

他的一往深情

痴迷于宝藏

我有一个愿望

愿人们记住

不仅是

瞎子摸象的故事

还有

那故事曾如神话一样

闪着

奇迹的光

正如同

你和我的相遇

在这个世界上

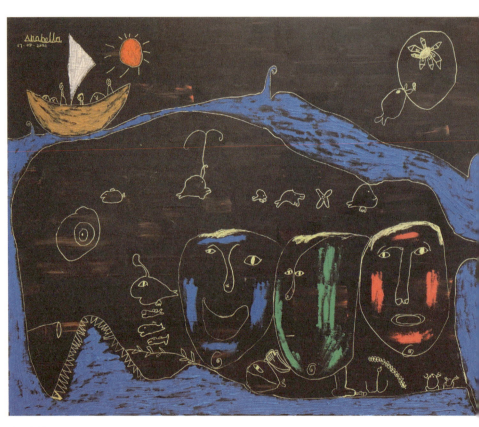

▲ 大鱼

我知道

爱你

是一个

无底深渊

我也明白

跳下去的

瞬间

将和死神

面对面

但是你

让我

完全释然

对一切精打细算

不屑一顾

我选择

跳下去

诗

任由火光飞溅

你的出现

洗去父许诺我永生的记忆

在完全的忘记里

我才看清楚生命起源的秘密

原来

我是你身上取下的肋骨

血肉相连

再锋刃的刀

都无法

割断牵连

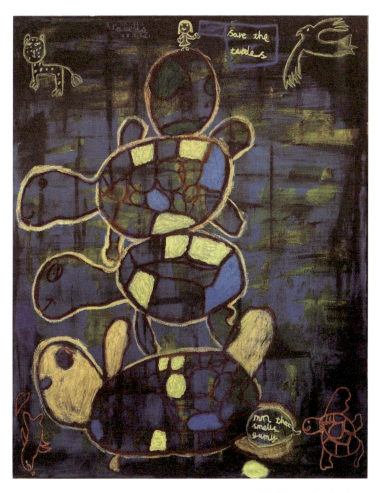

▲ 拯救驮着地球的乌龟

13

我已是深深地陷入
爱你，这口井
如井底之蛙
我无助地
坐在井底
仰头望着你

虽然你
时隐时现
虽然我已是
望眼欲穿
我还是
用尽所有的力量
把我的温柔
像网一样
撒向你

我只有一个愿望

我愿你

永远走不出

这张网

虽然它像

井底之蛙的天空

只有井口那么大

只有井口那么小

▲ 妈妈的婚礼

我说过

你和我

我们会一起长生不老

虽然我

没有长生不老的灵丹妙药

但是我知道

只有长生

我才可以陪着你

一起看

数不尽的日升日落

只有不老

你才可以

背着我

一步一步

走遍所有银河

今天早上

诗

我唤醒还在睡觉的天使
他们必须知道
我和你
会长生不老
我要让他们记得
今天是如此美好
因为
今天他们知道了
你和我
会长生不老

▲ 爸爸妈妈在说话

从我肉身被造的最初那一刻

我就不忍

有一丝不美好进入

那灵为自己创造的居所

千年来

无论恶毒的剑

从哪个方向射向我

我都会用温柔

把它们收留

收留了很久

也收留了很多

有一年

有一天

有一个时刻

我一个人在森林里行走

遇见你又饥又渴

双目紧紧地盯着我

我说

请原谅

我来得太迟

使你太久忍受饥渴

现在

我在这里了

请吞下我

解除你无法承受的苦楚

相信我

我的身体里没有一丝不美好

从时间初始

我就时时擦拭

这灵的居所

所以

我的肉身

不仅可以解除饥渴

更是可以

让你的灵魂绽放

让所有的灵魂

如同

春天的花一样

绽放在大地上的

每一个角落

大地上

灵魂绽放如花的时候

就是天上的国

降临

就是我所等待的

那一刻

那一刻

记得为我

轻轻

唱一首歌

就像是

微风

从花丛里

温柔地

滑过

▲ 太阳和月亮中间的摇篮曲

我的爱

透过双眼

凝视着

缓缓慢慢

你就从污泥中

莲花般显现

只为了

给我一个人看

看你的每一朵花瓣

和花瓣中间坐着的少年

我的爱

只是一个思念

便唤来

满山的雨

漫天的风

在雨中

迎着风

你赤裸如婴儿般奔下山

只为了

和我一见

一见无法了却的愿

我的爱

在今天清晨醒来

戴着一夜的露水

就是为了

在清晨初升的阳光里

和每一个露珠

说声再见

再见的时候

你已是

在云端

▲ 埃及王后在尼罗河边

我是真的爱上你
所以
我希望你
放下过去的枷锁
完全自由
在这个春天
重生
借着大地上一片生机
你也将旧的皮囊退去

我对你的爱
天空一样辽阔
如果你是完全地爱我
像那棵直入云霄的大树
就算长得再高
也是会弯下腰来
深深地吻我

如果你对我的陪伴

源自对过去的自责

那你没有爱我

就算走遍天涯

也不会再找到我

因为我是爱的一面镜子

只在爱面前

谦卑地显现

我的爱

只在爱面前显现

只有爱面对着爱

才会

互相看见

互相看见的那一瞬间

才会

泪流满面

诗

▲ 绿色日出

遇见的时候

你手里的刀

还滴着血

脸上没有一丝羞愧

你冷静地看着我

跪在你面前的岩石上

双目含着泪

我对你说

请收下我

和你一起

无论是

放下屠刀

立地成佛

还是

一起走遍天下

杀人放火

诗

亲爱的
把你的野蛮和爱
一起完整地交给我
我会把它们
一起戴在胸前
穿在身上
你的野蛮和爱
就是我护身的盔甲
有了它们
我怎会
在黑夜里害怕
我怎会
退缩
面对炼狱之火

▲ 站在天上独自唱歌

19

你来了

就把所有丑恶转换

不需要魔杖和咒语

你来了

就抹去所有苦楚

无需琐碎倾诉

你来了

就把所有明天点燃

不需要钟表和时间

你来了

就唤醒我的沉睡千年

不需要你弯下腰来

将我深深一吻

只是你来了

我的肉身便像春天大地苏醒

你来了

我的灵魂就如春雨般泼洒释然

你来了

我就

梳妆打扮

欢天喜地地

为你准备茶饭

一起吃

一起喝

一起在人间

▲ 天空中的吻

曾经

无数次魔鬼的试探

都使我

在长长的叹息中

黯然

今日

你带我走向

一座山的顶端

看见远方

妈妈年轻时的笑脸

我哭了

用妈妈当年教给我的语言

大声呼喊

天使扇动着翅膀

在我头顶如风般盘旋

风卷起那扇薄薄的纱帘

所有的人都可以看见

你魔鬼的目光

竟然如此善良

如妈妈当年的子宫一样温暖

啊

魔鬼

来吧

来拉着我的手

在这个春天

和我一起共舞

和我一起浪漫

不再埋怨

▲ 阿尔忒弥斯和阿克泰翁

你的美丽

如昙花一现

在转瞬即逝的刹那间

被我看见

你的脸

美丽又没有容颜

在是与非之间

无法判断

但是看见了

就会无法抗拒地

行走在黑与白之间

在那条灰色的道路上

和数不尽的偶然左右逢缘

跌跌撞撞

无意间

又看见

路没有尽头

路没有界限

路没有起点

就像你

美丽又没有容颜的脸

▲ 拉玛苏

你是我

放不下的牵挂

虽然当年

那座通天的巴别塔

惹怒神灵

我受到

无法自我救赎的惩罚

还是牵挂

想着你

一个人在天上

和你在天上的殿堂

它空空荡荡

梦想着

如果我来做你的新娘

会怎样

把所有的房间

都精心修饰

诗

用我肉身的爱
将天堂壁炉的火焰点亮

虽然
因为巴别塔的惩罚
你听不懂我的呼唤
我听不懂你的鸣叫
远不如
热带雨林里的
野兽和飞鸟
可以倾心交谈
相互警告
虽然
我还在等待
复活与永生的翅膀
从天而降
教我如何飞翔

虽然
你还在等待
最终
狮子与羔羊
可以肩并着肩
在这片土地上
散步
吮吸阳光和雨露

我依旧
无法停止
对你的
牵挂
和思念
因为
我明白
你和我一样

诗

需要陪伴
虽然
你在天上
我在地上

▲ 我的一个梦

缓缓冲上天空的浪尖

慢慢跌下深渊的浪谷

同样失去语言

沉醉如泥

看不见

未必是无缘

看不见

又怎会是距离

你爱我

我爱你

在这片海洋里面

显得苍白无力

这片海洋竟然没有船帆

只见

浪花飞落飞起

灵出没一般

每一次显现

都同样美丽

每一次显现

都无法互相取缔

是这样

爱如浪花

浪花的眼泪

就是浪花自己

是这样

爱如你的肉体

每一次高潮迭起

都是爱自己

不是你

最终

爱沉入海底

如同无法捞起的月

诗

最终
爱成为海底
永远托起
大海和你

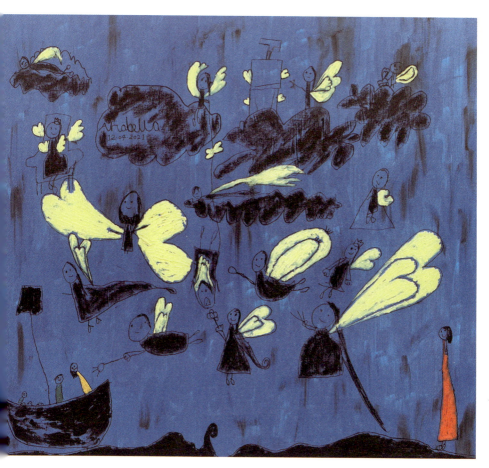

▲ 水上舞蹈

所有的降临

都来自天宇

所有的天宇

都要在

人间的炉灶里

经历炊烟袅袅

地上的

战火硝烟

都是

天使之战

如摩西一般

躺在竹篮里

飘在尼罗河上

等待着埃及公主的垂怜

你潜伏的道路

必须走过

即使无法
如亲生婴儿般
将母乳吸干

直到有一天
在草丛里
看见你的火焰
从天上
来到人间
把我温柔地
带回到童年
双脚赤裸着
如婴儿般

火光照亮
不见自己已是多年
你的出现

诗

虽然只是火焰
却照亮
我多年不见的
自己的脸
你的声音虽然是
第一次听见
从此
你的声音
带领我
加入天使之战
在人间
经历硝烟弥漫

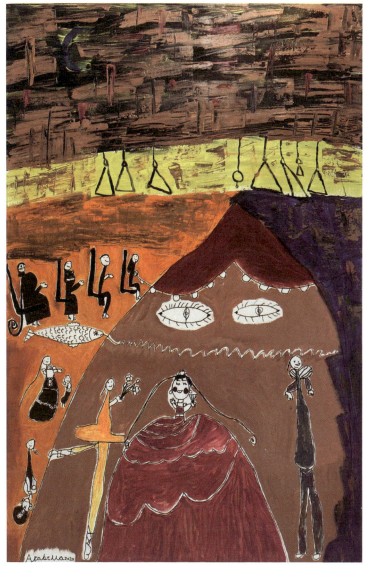

▲ 剧院

爱你

并不意味着

一刻也不会离开你

有很多次

夜的黑色

使我无法入睡

我听见

有声音从不远处传来

非常优美

来不及穿上鞋子

跑出去

跑出你的爱里

我跑得越快

那优美的歌声

似乎越遥远

直到

不知不觉

已是

来到天边

回首

看不见

你的脸

看不见竟是如此地痛

使我泪落如雨

不仅

看不见你的脸

更是

挡住了

回去的路

我一个人

孤孤单单

站在天边

借星光灿烂

许下一个愿

愿你

在春暖花开的那一天

一个偶然

弯腰

捡起一朵花瓣

忽然间懂得

那是我对你的思念

你双手捧着那朵花瓣

沿着我长长的思念

也来到天边

远远地

就看到

我站在那里

还是你记得的模样

只是这次

和你相见

经历了比上次

更多的艰难

你在我耳边

温柔地说

再多的艰难

也会在我对你的爱里

完全释然

▲ 去城堡的路上

是你

将我扶上战马

是你

为我备好马鞍和盾剑

你是我的最后一眼

勇士般出征前

你是我的最后一次无言

马儿带着我

狂奔

离你越来越远

如同

我心中射出去的箭

马蹄踏出一路尘埃

掩盖你双目

无视你的痛与愤怒

尘埃落定

诗

当你睁开眼
我已是
不可在
不可见
不可再言谈

亲爱的
无需记住我
和我
曾如同黑夜的颜色
在漆黑中
与你相拥缠绵

忘记
是我送给你最后的
也是最美好的纪念
亲爱的

你要骄傲地

把忘记我

如同鲜花一朵

佩戴在胸前

这样

虽然我没有带你一起驰骋沙场

我的勇敢

会因此

闪耀在你身上

如同白天的月亮

尽管

不是每天都可以看见

亲爱的

记得

戴在胸前

忘记我

这朵随时会凋零的鲜花
也许它会是你和我重生的牵连
也许它会将
被尘埃掩盖千年的火花
奇迹般再次点燃

也许
我们真的会
再次相遇
在天堂金碧辉煌的图书馆
你坐在我对面
我坐在你身边
共同浏览
一个童话
叫昨天
沿着童话的字里行间
我们再次

走回到从前

再临人间

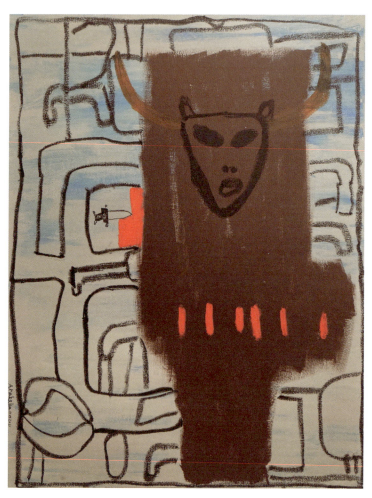

▲ 迷宫里的弥诺陶洛斯

还没有机缘

享受

太平盛世的缠绵

已是兵荒马乱

粗鲁强暴不仅是利剑

也是语言

我独自坐在

横尸遍布的家园

细细端详

躺在地上的

每一张

我自己的脸

感叹

爱

为何

如此

诗

短暂
无需四目环顾
我知道
你已是
走远

你的魔
远比你
要恶
这一次
它瞑目彰显
唤起
恐惧
我年幼时的伙伴

今天早上
四月飘雪

像是一个春天的寓言

在这个寓言里

种子发芽之前

一定是

冬天

我静静地

用我的眼

用我的念

为这个四月飘雪的

冬天和春天

写一首

洋洋洒洒的诗篇

这诗篇

从天空

一直垂落到地上

把整个世界的

诗

时间
和空间
全部
铺满

▲ 给战后失去家园的孩子们建一个新家

你送给我的礼物

只有

我对你的爱

但是我知道

这已是你的全部

从出生的那一天起

我就

带着你送给我的礼物

我对你的爱

沿河流

飘荡

像时间的指针一样

只有一个方向

前进的方向

我有过很多种诱惑

比如去做一条

沉入河底的鱼

比如化为

河面飞起的鸟

我犹豫多次

最终还是选择

就这样

永远不变

如时间的指针一样

除了向前

还是

向前

跟随我的

一丝不变

依然还是你送给我的礼物

我对你的爱

我虽不是天使

却一尘不染

只拥有

你送给我的礼物

我对你的爱

你的全部

躺在我怀里

从此消除了

人间天堂的界限

▲ 天上的合唱团

诗

有一天

我独自在林中

寻找猎物

远远听见

有声音

像是在

嚎啕痛哭

带领我走近

一面林中的湖

湖面如镜

是那喀索斯

湖中的倒影

在悼念

已化为花朵的

希腊最美少年

虽然他的变形

是在几千年前

湖中倒影

悲恸依然不减

他流的眼泪

不停

升高湖面

像是要将

整片森林

淹埋

我为之感动

不禁蹲下身

往湖里面看

惊叹

怎么会

湖中那个希腊最美少年

越看

诗

越像

我的脸

因为我的出现

那喀索斯的倒影

止住哭泣

他如同我一般

惊叹

千年不见

你的容颜

不变

如奇迹

再次

在湖面重现

刹那间抚平

千年的思念

只愿

这一次相恋

你不会

再次

纵身跳下

因为我是

湖中月

无法承受

你的勇敢

和你

身体的沉甸甸

只愿你

坐在湖边

和我倾心相谈

与我日日为伴

于是

我坐下来

坐在湖边

取出囊中猎物

和湖中倒影

分享我的晚餐

不知不觉

我把猎物掰开

又掰开

像是古老圣书里

那个孩童手中的

两条鱼五个饼

在他的爱与悲悯里面

化为成千上万

为的是

喂饱

你

我

五千

和

所有

古往今来的

饥饿

与

思念

▲ 亚述文化的保护灵

为了爱你

我化为

半人半马的异兽

可以用马蹄飞奔

带你自由

可以用双手

捧起你的脸

给你

我所有的温柔

为了爱你

我撕碎

挡在优雅

和野蛮之间的栅栏

从大地

到星空

从星空

诗

到大地

驰骋着

如飞翔一般

只是

天使的翅膀

我不屑于看一眼

我的自由

如此完整

无需羽毛

和风的助力

因为爱你

我化为

半人半马的异兽

无需双手

便牢牢抓住

我完整的自由

这自由的目的

只有一个

那就是

用马蹄飞奔

带着你

在大地上

跨越

山川河流

带着你

在天上

穿过

刚刚起源的宇宙

那留下的双手

溢满温柔

只用来

在你哭的时候

将你的眼泪擦干

诗

在你笑的时候
摘下你
鲜花一样
每一个笑脸

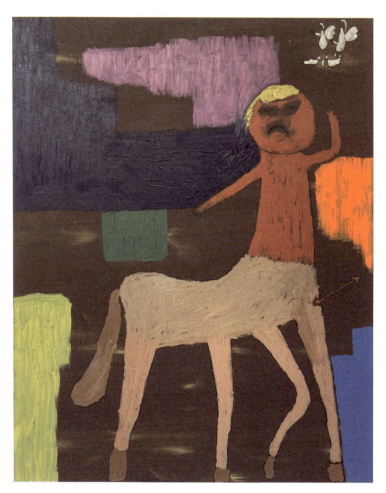

▲ 痛苦中的半人半马奇戎

从妈妈肚子里出来的那一刻

我就可以看见

所有美丽

在世间

无论是

昙花一现

还是

永远

因为我有一只

灵魂的眼

从妈妈肚子里出来的那一刻

我就开始

用我灵魂的眼

观看

世事变幻

无常人间

慢慢地
我长大
和所有的长大一样
我也渴望触摸蓝天
可是
无论我
怎样像孩子一样
踮起脚尖
蓝天永远是
那么遥远

有的时候
紧紧
闭上我灵魂的眼
装作看不见
自己那些稚嫩表演
希望这样

可以守住这一世

所有秘密

并将这些秘密

当作宝藏深藏在海底

有的时候

我睁大灵魂的眼

希望能够

将

我脸庞上双眼

不停留下的泪水

装满

再

装满

直到那一天

当我灵魂的眼

再次回到

水之源

那些装满的泪水

就会像

雨水一样

干旱的时候

在人间

晴天的时候

在云朵上面

将我一生在大地上

触摸蓝天的梦想

圆满

▲ 梦里的芭蕾和鸟

遇见你

像是

和我爸爸妈妈团聚

你是

他们两个人的

完美结合体

敏感温柔

又粗暴无礼

我既不愿意投向你怀里

又无法逃避

少女的时候

我就开始梦想

总有一天

我会

离开父母

远走高飞

诗

成为
我希望成为的
自己
和他们脱开关系
成为
独立的个体

真的有那么一天
我远走他乡
走了很多的路
经历了很多苦难
这些
都没有使我退却
回头远望
曾经的家园
我坚信
父母已是我

毛毛虫蜕变之前

直到有一天
就像俄狄浦斯一样
历经千辛万苦
企图逃离命运
我还是来到你的面前
你站在路中间
只看了一眼
曾经的千山万水
全是枉然

和你在一起
沧桑
和着童颜
我卸下
身上

诗

所有的重担

丢弃双眼

行走黑暗

在黑暗中

我眼前一片光明

我看见

爸爸的笑脸

妈妈的容颜

没有了抗拒和逃避

我快步迎上前去

和他们

肩并着肩

手牵着手

忘记

所有苦难

俄狄浦斯

是否最终明白

父亲没有

死在他的刀下

母亲没有

被他强奸

就像后来被称为以色列的雅各

那天夜里和他打斗的

不是天使

是他自己

灵魂的动荡波澜

感恩今天

我和爸爸妈妈

肩并着肩

手牵着手

一起行走于黑暗

在黑暗的光明中

诗

我忘记

自己刺瞎的双眼

把

那双眼的血迹斑斑

献给

灵的祭坛

像是

混沌的

最初

我无形

无边

只有

鲜血一样

生命的

呐喊

▲ 潘多拉打开魔盒

爱

是他的眼

可以不看

超越时间

可以不看

穿过空间

在爱里

永恒和短暂

都是虚幻

在爱里

距离和肉体

不再丈量

从你到我

从我到你

到底

有多近

有多远

我不埋怨

这次爱你

如此短暂

爱

未必是

一生相伴

我们都是

莎士比亚剧中的

罗密欧和朱丽叶

爱

就是

那一眼

那一瞬间

生命像是

蜘蛛拉出的网线

如此易断

又像是

诗

走在迷宫里面
突然发现
你的呼吸
已是不见
我只有
躺在你身边
将爱的梦圆

每一次
爱的出现
都是他
睁开眼
打开天窗
看人间
每一次
爱的
渐行渐远

都是

世间风沙吹过

他在天上眨眼

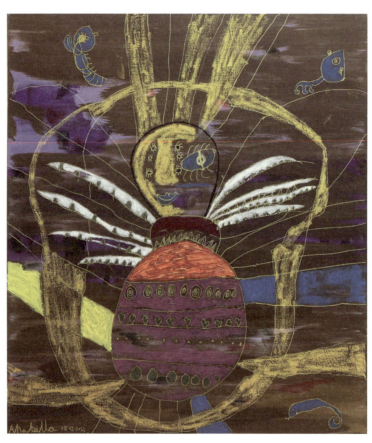

▲ 为人间偷来故事的非洲蜘蛛

爱你

就是爱我自己

你的罪与恶

都在我心里

如春天

只能在春天里

看花开春暖

如太阳

从日出到日落

不同的只是轨迹

我站在原地

望着你

因为愤怒

离我远去

我所盼望的

只是你的归期

诗

就算你归来的日子
会带来恨的匕首
注定要
扎入我的胸口
我依旧
爱你

你用匕首
刺入我胸口的痛
如同
我对你的爱
一样沉重
沉重到
我无法承受
大声嚎哭
这痛和哭泣
不同于

火山爆发的岩浆

这痛与哭泣

不忍

如岩浆一样

将你掩埋

这痛和哭泣

绕开你

流入地狱

在那里

我的爱

因为你

继续着痛和哭泣

直到

停止呼吸

在绝对的死亡里

诗

我依然看见你
孤零零
一个人
站在原地
幻想着
你的胜利

你怎会明白
虽然我的死
是因为你
在地狱里
在绝对的静寂中
我依旧爱你
因为爱你
停止了呼吸
还是
一声长叹

我的叹息

是一声呼唤

呼唤我的爱再来

再来爱你

呼唤我重生大地

呼唤春天

看见

春天里的

自己

▲ 骑着大象去过天堂的园丁

漫步在
春天的花丛间
我脚步温柔
不忍踩痛

哈迪斯在地底下
双手举着大地上
鲜花一片
他对我的
无限思念

沐浴着
春日阳光
在辽阔原野
我最懂你
在冥间的黑暗
愿我的爱

诗

如一棵树
可以用根须
触摸你的脸
给在地下的你
点滴树叶的温暖

夏天
知了叫醒我
和我一样干渴
如果我的手
可以
像我的爱一样
留在地底下
我会毫不犹豫
捧起你给我的石榴
将所有籽粒吞咽
尽管这个时候

大地上
诱人的果实
海洋一片
却无法解除
我的干渴
因为
我的爱
陪着你
在深深的大地下面

夏天
炙烤的烈日里
我脱下
地上穿的
所有衣裙
和女神的桂冠
如此

诗

迫不及待

秋日

第一抹颜色

如此

迫不及待

第一丝

秋风的寒意吹来

我迫不及待

终于可以

纵身

再次

跳下冥间的快感

跳下去

高潮永远都是在

你张开了

整个

春天和夏天的

怀抱里
和大地上的光明相比
我要的永远是
黑暗和你

▲ 德墨忒尔、波尔塞福涅和哈迪斯

透过

丘比特的眼泪

宙斯的欲望

狂野完美

白色的牛

黑色鹰

天上光雨金闪闪

无穷变幻

只为爱你

将瞬间

变为永远

谁会忘记

骑着白牛冲浪穿越大海

谁不会

在天堂的金色光雨里

忘却道德局限

诗

宙斯

是所有人的梦幻

和哀叹

他来得突然

离去太快

他的永恒不变

是变幻

▲ 独角兽

诗

你会不会

记得

心里装得满满的

都是我

无论

这个春天

你有多寂寞

我一个人

已经哭了很多

在这座

小小的岛国

面对海洋四面

是你

带我来到这里

虽然少女的我

没有看见爱的出现

我的跟随

始于你的迷幻

在把自己给予你的瞬间

我突然醒来

我看见

你原来

有一双

灵的眼

在你眼里

我看见

遥远的未来

和我的孤独

一样远

是我

今天

带着古老的传言

诗

在这里
面对世事变迁
我记得
每一个春天
从你带我来
到现在

▲ 古玛雅人

诗

38

你的存在
是
悬挂在我上空的诗歌王冠
如欧罗巴
思念只能
把她的名字
从克里特岛
伸向欧洲大陆
你若离去
我诗人的歌
只能和地上的庄稼一样
在土地里生长
在土地上收割
在土地上储存谷仓

没有白色的牛
欧罗巴

面对海洋

只能是大陆

没有你

我吟唱出的

每一句诗行

都如同

山丘女神回声

再多的爱在心里

也无法唱出

每一次试图

借助所爱之人的话语

都词不达意

我梦想

永远仰头凝望

诗句来自我之上

用我的吟唱

诗

再把它送回到天堂

如同再次穿越海洋

永远是

欧罗巴的愿望

我和可怜的公主一样无助

因为

你和宙斯一样

是追逐爱的主宰者

你不会

因为诱惑而出现

你出现

是为了

诱惑

带着你

灵

一般的迷幻

虽然

每一次相见

不知道

何时再谋面

我还是不屑于

所有关于你

再临的预言

期待

也许是

几千年

我

会在这座岛国

面对海洋四面

美丽如花

只为

你的爱

诗

会在某一天
突然出现

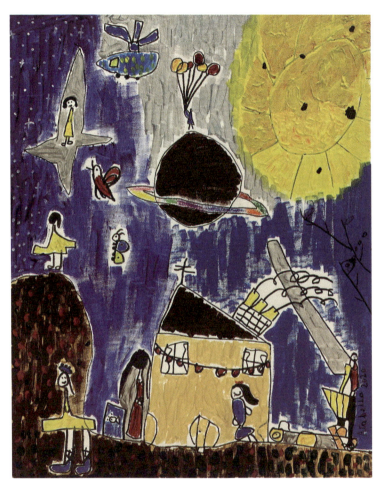

▲ 土星上的生日气球

天空的王

化为小鸟受伤

吸取我

乳房的汁和爱怜

他的女儿

也无法看清楚谎言

他是我

无法抗拒的

完美的另一半

注定

永远

在爱与恨中

交战

天空的王

我无法

用爱将他局限

因为

他的爱和我的爱

一样高远

他爱我

也爱

大地上的希腊岛

岛上美丽肉体沉甸甸

如同我

千万年交欢

还是处女一般贞洁

他的罪

只是瞬间

我在时光的河水里洁净自己

他在河水的光与影里走过去

天空的王

他的爱

和我的恨

无法分离

王冠不是驾驭

国度的秘密

我和他的秘密

从来都是你

是你

守护

永恒的故事

将其言传

永恒

是他唯一的难

我们的浪漫诗篇

在人间

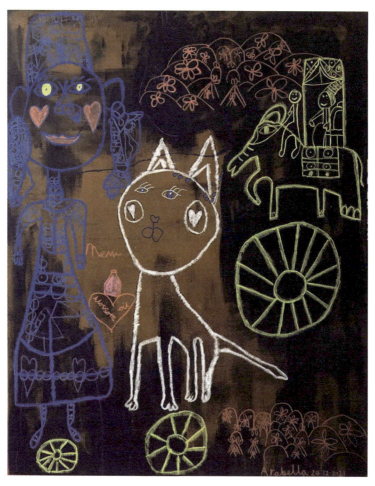

▲ 成为女王的猫

如果

我是爱神

紧握手中的箭

为你

逼迫世间万物

枯竭老去

如果

我是爱神

爱着你

就唤回春天

绿满大地

如果

我是爱神

只在

黑夜里爱你

用爱和黑色
遮住你的眼

如果
我是爱神
可以唤醒你
把睡眠
再次装进
那个阴间的盒子里

如果
我是爱神
爱我
是你
从人到神的蜕变
那么
看着我

诗

把
这杯带血的酒
饮干

在今晚
忘记
所有的
光亮
和
谎言
从此
不再
背叛

▲ 小猫升月

图书在版编目（CIP）数据

诗 / 常虹著. —上海：上海三联书店，2022.3
ISBN 978-7-5426-7671-9
Ⅰ.①诗… Ⅱ.①常… Ⅲ.①诗集−中国−当代 Ⅳ.①I227

中国版本图书馆CIP数据核字（2022）第028433号

诗

著　　者 / 常　虹
责任编辑 / 邱　红　陈泠珅
装帧设计 / 徐　徐
监　　制 / 姚　军
责任校对 / 王凌霄

出版发行 / 上海三联书店
　　　　　　（200030）中国上海市漕溪北路331号A座6楼
邮　　箱 / sdxsanlian@sina.com
邮购电话 / 021−22895540
印　　刷 / 上海南朝印刷有限公司
版　　次 / 2022年3月第1版
印　　次 / 2022年3月第1次印刷
开　　本 / 890×1240　1/32
字　　数 / 13千字
印　　张 / 5.5
书　　号 / ISBN 978−7−5426−7671−9/I · 1758
定　　价 / 68.00元

敬启读者，如发现本书有印装质量问题，请与印刷厂联系021−62213990